Draisine : n. f. Véhicule autopropulsé léger filant sur les rails de chemins de fer entre les passages des trains. Chez XYZ, c'est aussi une collection de fictions courtes, nouvelles autonomes s'inscrivant dans le sillage d'un roman – ou ouvrant la voie à une œuvre à venir.

« Je n'ai jamais lu Baudelaire »

De la même auteure

La vie comme une image, Montréal, Les Éditions XYZ, coll. « Romanichels », 1996 ; Montréal, Bibliothèque québécoise, 2014.

Les héritiers de la mine, Montréal, Les Éditions XYZ, coll. « Romanichels », 2000 ; coll. « Romanichels poche », 2006 ; Montréal, Bibliothèque québécoise, 2013.

- Lauréat du Prix France-Canada 2015

Jeanne sur les routes, Montréal, Les Éditions XYZ, coll. « Romanichels », 2006 ; Montréal, Bibliothèque québécoise, 2018.

Il pleuvait des oiseaux, Montréal, Les Éditions XYZ, coll. « Romanichels », 2011.

- Lauréat du Prix des 5 continents de la Francophonie 2011
- Lauréat du Prix littéraire des collégiens 2012
- Lauréat du Prix des lecteurs Radio-Canada 2012
- Lauréat du Prix du Club des Irrésistibles – Bibliothèques de Montréal 2012
- Lauréat du Prix littéraire France-Québec 2012
- Lauréat du Prix du Grand public Salon du livre de Montréal/La Presse 2012
- Lauréat du Prix Ringuet 2012
- Lauréat du Prix littéraire des collégiens – Prix de la décennie 2013
- Lauréat du Prix des lycéens de Suède 2013

À train perdu, Montréal, Les Éditions XYZ, coll. « Romanichels », 2020.

- Mention d'excellence, Prix littéraire des Écrivains francophones d'Amérique 2021

Jocelyne Saucier

« Je n'ai jamais lu Baudelaire »

Nouvelle au bout du rail

Catalogage avant publication de Bibliothèque et Archives nationales du Québec et Bibliothèque et Archives Canada

Titre : « Je n'ai jamais lu Baudelaire » / Jocelyne Saucier.
Noms : Saucier, Jocelyne, 1948- auteur.
Description : Mention de collection : Draisine | Nouvelle.
Identifiants : Canadiana (livre imprimé) 2022001308X | Canadiana (livre numérique) 20220013098 | ISBN 9782897723873 | ISBN 9782897723880 (PDF) | ISBN 9782897723897 (EPUB)
Classification : LCC PS8587.A38633 J4 2022 | CDD C843/.54—dc23

Les Éditions XYZ bénéficient du soutien financier du gouvernement du Canada par l'entremise du Fonds du livre du Canada (FLC) et du gouvernement du Québec par l'entremise du programme de crédit d'impôt pour l'édition de livres.

Financé par le gouvernement du Canada | Canada

Édition : Myriam Caron Belzile
Révision linguistique : Isabelle Pauzé
Correction d'épreuves : Sylvie Gourde
Conception typographique et montage : Nathalie Tassé
Conception graphique de la couverture : Sabrina Soto
Image en couverture : Laborant / shutterstock.com

ISBN version imprimée : 978-2-89772-387-3
ISBN version numérique (PDF) : 978-2-89772-388-0
ISBN version numérique (ePub) : 978-2-89772-389-7

Dépôt légal : 3e trimestre 2022
Bibliothèque et Archives nationales du Québec
Bibliothèque et Archives Canada

Diffusion/distribution au Canada :
Distribution HMH
1815, avenue De Lorimier
Montréal (Québec) H2K 3W6
www.distributionhmh.com

Diffusion/distribution en Europe :
Librairie du Québec/DNM
30, rue Gay-Lussac
75005 Paris, FRANCE
www.librairieduquebec.fr

Imprimé au Canada
www.editionsxyz.com

À mon ami, Denis C.

Une maison sur le bord d'un lac, des murs chargés de livres, un dépôt à mon compte bancaire chaque quinzaine et Marthe ce matin encore avec un pain tout chaud enroulé dans un carré de papier kraft, que demander de plus. L'urbain que j'étais se découvre des zones inexplorées. Comment ai-je pu être aussi longtemps ignorant de moi-même ?

L'odeur de pain frais m'est restée toute la soirée pendant que je courriellais avec Antoine au sujet du dernier livre que je lui avais envoyé. Il me remerciait chaleureusement comme il le fait chaque fois mais s'inquiétait du prix. Lui avais-je vendu un livre rare sans le savoir ? Pour seulement 20 $ US ? Moi aussi j'ai cru à un coup de chance extraordinaire quand j'ai aperçu le livre dans un bac de la vente-débarras. De toute ma vie de bouquiniste, je n'avais jamais rien espéré d'aussi extravagant. Mettre la main sur un des cahiers de Marcel Proust ! C'est ce qui était écrit en gros caractères, *CAHIERS DE MARCEL PROUST*, et en dessous, le chiffre 5. Le livre brillait d'insignifiance dans le fouillis du bac. Couverture vert caca d'oie, un peu usée, avec un petit manque en coiffe au niveau du dos et tout autour, des livres plus récents rivalisaient de couleurs. Un trésor de la littérature française abandonné par des mains ignorantes à l'injure d'une vente de garage. Les miennes n'ont fait ni une ni deux.

Je connaissais l'existence de ces cahiers. Quiconque s'intéresse le moindrement à Proust sait qu'il écrivait dans des cahiers les pièces décousues et fragmentaires de ce qui allait devenir son grand œuvre. Les cahiers ont été récupérés, numérotés de 1 à 75, précieusement conservés là où aucune main mercantile ne pourrait les soutirer aux yeux de l'Histoire. Comment le numéro 5 s'était-il rendu jusqu'à moi ? Quel chemin avait-il parcouru et surtout, qu'allais-je en faire ? J'ai eu mon moment de gloire quand j'ai aperçu la couverture caca d'oie, mais il n'a pas fallu longtemps pour que je sois terrassé par la responsabilité qui m'échoyait.

Quand on est bouquiniste, et comme moi bouquiniste sur AbeBooks, on est continuellement dans l'histoire des livres. Celle que raconte le livre et celle du livre lui-même car il m'arrive déjà lu, chargé de sa propre histoire de lecture, et je me demande tout le temps si la personne qui me l'a abandonné dans un élagage de bibliothèque, un comptoir de type Emmaüs ou un autre de ces fouillis, je me demande si la personne qui m'a cédé disons un livre sur l'enluminure de livres saints, si cette personne était elle-même profondément religieuse ou une artiste ou simplement un collectionneur de livres sur un art perdu. Dans le cas du cahier 5, j'ai pensé à un vieil homme mort un livre à la main sous les hauts murs de sa bibliothèque richement garnie et à des héritiers qui n'avaient pas hérité de l'érudition du grand-père ou de l'arrière-grand-père et s'étaient défait d'un legs encombrant.

Antoine me bluffait, je le savais, il le savait, nous nous sommes amusés d'arguments qui boitaient de plus en plus d'un courriel à l'autre. Il me semblait l'entendre rire là-bas sous la barbe qu'il n'a peut-être pas dans sa lointaine Australie. Est-ce que je savais que Proust confiait les ajouts à son Temps perdu et retrouvé à sa gouvernante ? Et moi à l'autre bout du monde, je lui disais que la gouvernante était une autre invention proustienne pour emmêler les exégètes. Si ça se trouve, la gouvernante n'existait même pas, Céleste qu'elle s'appelait ? Et Antoine d'en rajouter : patience et longueur de temps, la céleste gouvernante a des siècles devant elle, on n'a pas fini de s'emmêler les neurones.

Soirée délicieusement cabotine.

Le livre était signé Maurice Duplay, un ami, un vague cousin, je ne me souviens plus exactement, une des nombreuses fréquentations proustiennes maintenant parfaitement inconnues qui y était allé de ses réminiscences sur la vie de son illustre cousin ou ami. J'ai été soulagé, je l'avoue, quand j'ai compris que je n'avais pas en main l'un des célèbres cahiers. Je n'aurais pas su mener ma barque pour me rendre jusqu'à la Bibliothèque nationale de France et surtout, négocier ma précieuse prise. Le prix, évaluer le juste prix d'un livre, c'est ce qu'il y a de plus difficile dans mon métier et dans le cas d'une perle rare, c'est plus qu'il n'en faut pour m'arracher la tête. Maintenant que j'avais été assuré de ne pas avoir à négocier des centaines, des milliers d'euros, je pouvais écrire ma notice en paix, l'inscrire sur mon compte AbeBooks et à l'autre bout de la planète, à Perth, sa malheureuse ville d'adoption, Antoine cliquerait prestement sur « acheter », je le savais.

J'aime ces conversations avec l'un ou l'autre de mes clients devenus pour certains des correspondants réguliers. Antoine en Australie, Robert au Pérou, Jean-Pierre dans sa petite ville des Carpates qui collectionne les récits de voyage, Hubert Gaboyer qui n'a jamais abandonné de me saluer d'un « Cher monsieur » malgré les années, Jeannot, Charles-Aimé et Arianne, tellement exaltée dans ses commentaires de lecture, la seule femme de ma constellation. Il m'arrive dans mes nuits d'insomnie d'aller à mon ordinateur et d'y trouver un « Cher monsieur » ou un « Comment ça va là-haut ? ». Bienheureux décalage horaire qui me permet d'échapper aux heures creuses de ma nuit et de découvrir la brillance d'une étoile qui m'attend dans la vaste toile de l'univers.

Ils savent vaguement que j'habite dans le nord du Québec, mais Clova, ils ne connaissent pas, qui connaît ? Moi-même, le peu que j'en savais me venait de mon grognon de frère, tellement grognon et taciturne, mon frère Bruno, que les mots ne traversaient la frontière de son esprit qu'après moult circonvolutions, de sorte qu'il y avait toujours un léger décalage dans la conversation. Je ne savais rien de sa vie à Clova sauf qu'en hiver, c'était l'enfer. Du temps où j'avais ma bouquinerie à Montréal, il nous arrivait pendant quelques semaines et il n'avait pas mis un pied dans l'appartement, même pas glissé de son épaule une sangle de son énorme sac à dos, qu'il disait c'est l'enfer, et tonnait et grommelait encore, c'est l'enfer, et nous avions droit, Geneviève et moi, à la diatribe qui nous était servie chaque fois avec la même hargne. Les skidoos, les meutes de skidoos, les hordes de bêtes vociférantes, pétaradantes, assourdissantes, puantes, abrutissantes, qui envahissaient son îlot de quiétude, nuit et jour disait-il, l'enfer que je vous dis, et il leur échappait en venant se réfugier dans notre appartement montréalais. Il n'était pas très encombrant. Il aidait un peu à la librairie et pouf, on ne le voyait plus, il était parti. Sans un mot, sans prévenir, il disparaissait pour de longues explorations, avons-nous fini par comprendre, dans les rues et ruelles de Montréal, lesquelles n'avaient pourtant pas la quiétude recherchée, et il ne nous revenait qu'en fin de journée. C'est seulement en soirée qu'un mot puis un autre échappés dans la conversation nous donnaient à comprendre qu'il avait fait tout Villeray cette journée-là, tout le Mile End ou tout Rosemont. À quadriller la ville jour après jour, hiver après hiver, il en est venu à connaître Montréal mieux que nous. La librairie nous avalait, nous ne quittions pratiquement pas le quartier.

Ce qu'il faisait de ses journées à Clova, je n'ai jamais su.

Puis Bruno est mort et il m'a laissé sa maison.

Je n'aurais jamais cru que j'y trouverais mon contentement. Je suis montréalais de naissance, pur produit urbain, aucune inclination pour une vie accrochée à un éparpillement d'épinettes et me voilà ici dans ce non-lieu perdu au milieu de nulle part et à mon propre étonnement, heureux d'y être.

Comment peut-on dériver hors de soi et trouver la part cachée qui nous manquait ?

Je me souviens de celui que j'étais à mon arrivée à Clova, j'ai de la sympathie pour cet homme égaré en lui-même. Geneviève était morte trois ans auparavant, une mort subite, sans bruit, une rupture de l'aorte, et je ne savais pas vivre ma solitude. Geneviève, ma compagne, mon corps, mes pensées, ma vie. Je savais préparer son café comme elle l'aimait, elle portait indifféremment mes chandails et les siens, elle commençait un livre, je le finissais, ou inversement, et nous en avions la même lecture, elle connaissait toutes mes blagues, elle les riait avant que je les aie finies, je savais bien avant elle quand commençaient ses règles, ma main connaissait son corps mieux que le mien, j'étais ses bras, ses cuisses, son ventre, nous étions l'un dans l'autre une même personne et tout d'un coup, il n'y avait plus de nous, je ne savais plus vivre avec moi-même et il y avait la librairie qui m'attendait jour après jour comme si Geneviève y était encore. C'est elle qui faisait la vitrine, la comptabilité. C'est elle qui s'occupait des écornifleurs. J'en voyais un passer le seuil et je montais aussitôt à l'appartement ou je me terrais derrière un barrage de livres. Je ne supporte pas les gens qui vont d'une boutique à l'autre pour tuer le temps. Je ne les supportais pas dans ma librairie. Je n'aime que ceux qui aiment les livres. Aimais, devrais-je dire, j'ai changé.

La solitude me pesait, la librairie m'étouffait, tout m'était une charge et il me fallait me rendre à Clova pour enterrer mon frère.

Bruno a eu la bonne idée de mourir en été. Qu'aurais-je fait de sa dépouille en plein hiver ? Il n'y a pas de charnier au petit cimetière de Clova. La gestion de la mort est déjà affaire compliquée, et s'il m'avait fallu en plus faire hiverner le corps de Bruno ailleurs pour le ramener à Clova au printemps, je crois que je me serais résigné à l'incinération, quitte à entendre de là-haut une voix grommeleuse qui me l'aurait reproché.

Maintenant que je connais le petit cimetière, je comprends mieux le désir de mon frère d'y être enterré. C'est le plus bel espace dont on puisse rêver pour se reposer de sa vie. J'y vais parfois pour la douceur des lieux. J'ai chaque fois l'impression d'entrer dans un endroit secret, à moi seul réservé, tellement tout y est sans apprêt, sans traces de tondeuse ni de visites récentes. Une invitation au recueillement. Un carré de verdure dans lequel les tombes et les herbes folles vivent en toute intimité sous la protection des bouleaux et des épinettes qui laissent filtrer un doux tremblement de lumière. En contrebas, les eaux ambrées du lac Duchamp. Rien de mortuaire, la mort dans cet îlot de verdure a le goût de la vie. Seule une chaîne à gros maillons blancs indique qu'il s'agit d'un endroit protégé.

Mon frère peut y reposer en paix.

« La tête à l'ouest et tous mes os en ordre, pas de méli-mélo, je veux regarder le lac à mon aise. »

La plus longue phrase que je lui aie entendue.

Te voilà, mon cher Bruno, installé dans l'éternité avec tous tes os en ordre, je te le jure, tes orteils avec tes orteils, tes doigts avec tes doigts, pas de méli-mélo, comme tu l'as demandé, et de là où tu es, tu peux voir ton lac, ta maison et peut-être, si tu regardes bien, me verras-tu par la fenêtre de ta maison, face au lac, attelé à mon ordinateur. J'y suis tous les soirs. À converser avec le vaste monde. Je n'y serais pas s'il avait fallu que tu meures en hiver. Je me serais enfui vite fait devant la horde barbare.

C'était l'été, une chaleur accablante, le train avançait à une vitesse d'escargot, cinq milles à l'heure, en raison des rails qui risquent de se tordre de chaleur et je me demandais s'il y avait un quelque part qui m'attendait au bout de cette lenteur qui s'étirait en un fil sans fin.

Le train est arrivé avec cinq heures de retard, tard en soirée, à peine pouvais-je distinguer les ombres remuantes de la petite foule qui s'agitait autour des voyageurs et de leurs bagages. Je n'avais pour ma part qu'une valise contenant le nécessaire pour un séjour de quelques jours, le temps d'enterrer mon frère et de faire l'inventaire de sa maison pour liquider le tout. Mon seul contact à Clova était le propriétaire du restaurant de l'endroit, lequel sert aussi de gare. C'est lui qui m'avait annoncé la mort de mon frère. Un solide gaillard, jeune cinquantaine, regard souriant mais qui l'air de rien vous jauge de part en part, Sébastien. J'apprendrai que personne ici ne s'embarrasse de patronymes.

Trois jours, peut-être quatre, ai-je dit à Sébastien qui m'a demandé combien de temps je comptais rester. Alors ce sera quatre, il n'y a pas de train pour Montréal le mercredi, a fait Sébastien de son docte sourire.

C'est la maison, ta maison, mon cher Bruno, une habitation sommaire, rien de superflu mais tout y était, étincelant de propreté, entretenu avec soin, la cuisine minuscule, la chambre tout autant et cet espace offert à la lumière du jour qui me sert de salle à manger, de séjour et de bureau de travail, ta maison m'attendait, c'est le sentiment que j'ai eu en y mettant les pieds, c'est elle qui a décidé que je l'habiterais. J'ai dormi dans ton lit comme s'il était mien, j'ai trouvé au matin ce qu'il me fallait pour déjeuner et en sortant prendre l'air avec mon café, j'ai découvert un potager.

Je n'aurais jamais cru que mon frère fût aussi soigneux, aussi organisé, aussi soucieux de son bien-être.

J'étais chez moi dans cette maison. Jour après jour, je me regardais vivre, étonné de ne pas sentir le poids de ce qui en un autre temps m'aurait accablé. Je me sentais en vacances. Je traînassais au lit, j'étirais les heures en contemplation devant le lac, j'allais piquer une tête, revenais me sécher et je me reperdais dans le vide de mes pensées en observant le friselis des vagues, le miroitement de leurs crêtes, leur jeu incessant dans la soie de l'eau. Et dans ce silence absolu arrivait au loin le sifflement d'un train.

L'enterrement s'est fait sans heurts ni pleurs. Cinq, six personnes, des amis de Bruno, chacun son petit laïus d'adieu et c'était fini. Le lendemain, Marthe est arrivée avec un pain, le premier d'une fournée qui n'a pas cessé depuis, et une possible offre d'achat. Des amis à moi, a-t-elle dit, qui se cherchent un chalet pas trop cher. Déjà ? ai-je fait, un peu dépité et surpris de l'être.

Au soir du troisième jour, attablé devant ma fenêtre, je sirotais un café en observant les dernières traînées de soleil se retirer du lac quand le sifflement du train en provenance de Montréal a annoncé son arrivée. Sifflement, ferraillement des roues contre le rail, fracas assourdissant et dans le tempo de ce vacarme, j'entendais des mots se répercuter à la même cadence.

Pas de vitrine, pas de comptabilité, pas d'écornifleurs.

Les mots revenaient en boucle, même scansion, même comptine ferrailleuse, et au bout de la comptine m'est apparu le sourire de Geneviève. Elle penchait un peu la tête de côté, le menton légèrement relevé et elle me regardait avec ce sourire que je connais si bien. Ma Geneviève des beaux jours.

Nous avons pris la décision ensemble.

Geneviève me connaît. Elle me sait farouchement urbain, peu enclin à la familiarité, aux relations de voisinage. J'aime l'anonymat des villes. Elle n'aurait pas eu ce sourire si Clova avait été l'un de ces charmants villages d'arrière-pays avec son maire, son épicière, son quincaillier et que sais-je encore, tout cela tissé serré, étouffant de sollicitudes et de regards intrusifs.

À Clova, chacun peut vivre dans son îlot de solitude sans qu'on cherche à déterrer votre histoire de vie. Il y a ici des gens qui viennent d'un peu partout pour « un chalet pas trop cher », pour la beauté de la nature, pour se retirer en eux-mêmes, pour des raisons d'eux seuls connues et qu'on ne questionne pas. Il y a d'irréductibles solitaires qu'on ne voit que le dimanche à l'arrivée du train qui vient nous livrer l'épicerie de la semaine. Ils vivent quelque part en forêt ou autour du lac, arrivent en VTT, en skidoo, en pick-up, prennent leurs boîtes d'épicerie et s'en retournent d'où ils viennent sans avoir parlé à qui que ce soit. Personne ne s'en formalise, personne ne commente, c'est ici la loi du laisser-vivre. Il m'a suffi de quelques jours pour saisir l'esprit des lieux.

L'endroit n'est pas coupé du monde pour autant. On y a Internet, la télévision et le téléphone par voie satellitaire.

Chaque maison a son antenne parabolique. Et tout comme l'épicerie, le courrier arrive par train. Trois fois semaine, m'a assuré ma voisine boulangère qui est aussi postière.

Pas de vitrine, pas de comptabilité, pas d'écornifleurs, c'était faisable.

Au quatrième jour, quand je suis monté dans le train pour Montréal, j'étais un autre homme, je n'étais plus le petit boutiquier de la rue Amherst croulant sous la charge de son commerce, j'étais celui que j'allais devenir, un homme libre, bouquiniste version allégée, sans autres préoccupations que les livres que je voyais étagés sur les murs de ma maison et qui voyageraient sur ce même train pour se rendre à d'avides lecteurs dont certains – mais ça, je ne le savais pas encore – deviendraient des amis épistolaires. Je n'avais à ce moment-là pour seul correspondant AbeBooks que le dénommé Antoine Leconte, professeur de littérature à l'Université de Perth, qui avait parfois la gentillesse de commenter les livres que je lui expédiais. Les autres s'ajouteraient au fil des ans à ma constellation.

Même pas une fois ? s'est indigné ce soir encore l'ami Antoine. Peut-être une demi-fois, lui ai-je écrit pour le rassurer, si je compte toutes mes tentatives de m'y remettre. Antoine est proustien presque de naissance. Il a lu la *Recherche* trois fois dans son intégralité et il ne comprend pas que je lui résiste encore. Il m'a conseillé de commencer par *Sodome et Gomorrhe*. Ensuite, crois-moi, c'est rédhibitoire, tu voudras revenir *Du côté de chez Swann*.

Rédhibitoire… il n'y a qu'Antoine pour lancer un tel mot. Le pauvre Antoine s'est égaré il y a des décennies en terre australienne et s'en plaint constamment. Ces Australiens, aussi incultes que des Américains – un rognongnon qui revient souvent. Mais il ne renoncera pas à la sécurité financière qu'il ne retrouvera pas dans sa douce France, il l'a quittée depuis trop longtemps pour qu'on lui offre un poste idoine – idoine comme rédhibitoire.

Et peut-être bien que, tout comme moi, il est en paix avec ce qu'il est devenu, un oiseau rare, seul de son espèce, trônant sur son îlot de solitude, lui francophone dans une mer anglophone, moi libraire sans vitrine parmi les manieurs de tronçonneuse. Nous sommes de part et d'autre de la planète deux êtres esseulés épris de notre singularité.

J'aime ces conversations qui me tiennent dans la vastitude du monde.

Je n'ai pas de pick-up, pas de VTT, pas de skidoo, une singularité bien plus suspecte que mes murs étagés de livres. Je suis le seul marcheur de Clova. On s'est habitué à l'idée de côtoyer un libraire, mais de voir un homme marcher pour aller chercher son épicerie du dimanche, marcher dans les rues sablonneuses qui ne mènent nulle part, marcher sans raison aucune, marcher pour le plaisir de marcher comme je le fais presque tous les jours, c'est intrigant, douteux, une incongruité dans un pays où il semble que les hommes et même les femmes soient nés motorisés et sur roues. On ne m'en a jamais fait commentaire mais je vois bien les sourires amusés qui me reçoivent à l'arrivée du train du dimanche. Sourires presque apitoyés lorsque je dois louer les services d'Ovide et de son super gros VTT pour transporter mon épicerie à la maison.

Depuis le temps, on m'a pardonné cette singularité. Depuis, en fait, que j'ai des lecteurs locaux. Pas une tonne, quelques-uns seulement, la première en liste ayant été Marthe un matin où elle venait chercher mes envois postaux. Comme je n'avais pas terminé d'empaqueter mes livres, elle s'est mise à fureter parmi les rayonnages qui courent sur les murs de ma maison – il n'y a que ceux de la salle de bains qui en soient exempts. Ça raconte quoi ? m'a-t-elle demandé en brandissant un Michel Tremblay – c'était, je crois, *La grosse femme d'à côté est enceinte*, qu'elle a lu en trois jours pour m'en redemander. Elle a lu depuis tous les Michel Tremblay que j'ai pu lui trouver, des Agota Kristof, des Joyce Carol Oates et ce qui a été mon plus grand succès de librairie à Clova, *Ermites dans la taïga*, qui raconte l'histoire invraisemblable et pourtant réelle d'une famille qui a vécu trente ans dans la plus complète autarcie et qui a rencontré des lecteurs dans les profondeurs de la forêt boréale.

Quand je vais chercher mon épicerie du dimanche, je reconnais mes lecteurs aux hochements de tête qui me saluent discrètement, presque avec embarras, une sorte de respect médusé.

Qui pourrait deviner que le marcheur solitaire, l'homme enfermé dans sa caverne de livres, que cet homme vit dans la rumeur du monde, que la nuit venue, il échappe à sa matérialité, telle une nymphe de sa chrysalide, et vole et vole, par-delà monts et vallées et fuseaux horaires, à la rencontre d'autres êtres solitaires qui lui donnent des nouvelles intimes du monde.

Et auprès de moi, tout près, comme un autre moi-même, Geneviève, même regard, même sourire, ma Geneviève de toujours, qui fait écho à mes pensées.

C'est elle un soir où personne ne m'attendait dans ma boîte de courriels, c'est elle qui m'a amené à m'inscrire sur un site de rencontres. Pour déjouer le temps, avons-nous pensé, pour la conversation féminine, pour ne pas oublier que j'étais un homme. Rien d'engageant, un jeu, avons-nous encore pensé, un peu d'excitation, un peu d'amusement, et pffftt, plus rien, silence complet, ma correspondante disparaîtrait dès qu'elle saurait que son vis-à-vis virtuel habite dans un trou perdu au fond de la forêt. Et effectivement, mes partenaires sont disparues l'une après l'autre, au moment idoine aurait dit Antoine, quand la conversation commençait à traîner dans des prospectives vaseuses et que je leur révélais mon lieu de résidence. Toutes ont déclaré forfait devant Clova. Sauf une, à mon grand étonnement, Janelle, qui ne s'est pas laissé démonter par mon système d'effacement.

Je me revois sur le long banc en bois de la galerie du restaurant, attendant son arrivée par le train de Montréal. Espérant, redoutant, je ne sais plus, qu'elle y soit, qu'elle n'y soit pas. Je me pétrissais le cœur d'appréhension. Nous avions eu plusieurs mois d'échanges, des banalités, des approches, des esquives et puis est venu un moment où il nous a fallu mettre cartes sur table : elle à White River et moi à Clova. Nous avons bien ri. Quoi ! Même pas un petit Walmart ! Et toi, combien d'heures de train pour des cigarettes ?

J'attendais une femme d'une quarantaine d'années, pas exactement jolie mais un faciès intéressant, des traits mobiles qui d'une photo à l'autre donnaient l'étrange impression d'un changement d'humeur en accéléré. Elle aimait le plein air, les voyages, Shania Twain et les vieux films d'horreur en clair-obscur. Elle était serveuse dans un restaurant de White River.

Nous n'avions ni elle ni moi émis le désir de poursuivre notre relation d'autre façon et brusquement, sans s'enquérir si cela me convenait, elle s'était annoncée le lundi suivant par le train de Montréal. Et puis, plus rien, malgré l'insistance de mes courriels, je n'avais rien reçu d'elle.

Tu attends quelqu'un ? s'est étonné Sébastien. Il ne m'avait jamais vu sur le banc à dossier de la galerie de son restaurant. Je ne me rappelle pas ce que je lui ai répondu mais ce qu'il m'a dit en retour m'a sidéré. Il attendait une nouvelle serveuse. Elle arrive de je sais pas où dans le nord de l'Ontario, a-t-il ajouté.

J'étais catastrophé. Ma correspondante ne m'arrivait pas pour une visite de quelques jours, elle s'était trouvé un emploi dans mon havre de paix. Une femme fantasque, j'en ai eu l'horrible conviction, allait débarquer dans ma vie et tout bousiller. J'aurais voulu disparaître et cependant, j'étais là sur ce banc de la galerie du restaurant qui fait office de salle d'attente puisque la petite gare, à côté, encore charmante pourtant, est depuis longtemps fermée aux voyageurs.

C'était une fraîche journée d'automne, septembre je crois, tout juste avant la ruée de chasseurs qui envahissent Clova à cette période de l'année, et il y avait seulement deux autres personnes qui attendaient le train de Montréal, deux hommes bottés de caoutchouc et enveloppés de grosses vestes à carreaux molletonnées, deux Clovaïens que je ne connaissais pas, évidemment.

Le train est enfin arrivé et même à des années de distance, je peux encore sentir la puissance du souffle qui nous a cloués sur place, nous les quatre hommes qui avons vu l'étrange trio descendre de voiture, d'abord une vieille femme de forte stature, mais visiblement en très mauvais état, suivie de deux femmes plus jeunes parmi lesquelles j'ai reconnu ma correspondante de White River et qui se sont empressées à ses côtés pour l'aider à chaque pas, chaque sifflement de respiration, jusqu'à ce qu'elle s'affale sur le banc voisin du mien.

Un drame était à venir, la vieille femme n'en avait plus pour longtemps, c'était une évidence, il n'y avait qu'à voir ses accompagnatrices s'agiter autour d'elle dans un effarement d'oiseaux sous la tempête.

C'est la seule fois où j'ai vu Gladys Comeau. Elle est morte quatre jours plus tard dans une petite chambre de l'Auberge Clova. Quatre jours pendant lesquels je suis resté terré dans ma maison de crainte – c'est ce que je me suis laissé croire – de rencontrer Janelle, qui ne m'a pas reconnu ou n'a pas eu conscience de ma présence sur le banc voisin ou m'a volontairement ignoré. Nous étions quittes, elle et moi, de ce qui aurait pu être et dont nous ne voulions plus. Les événements nous ont donné raison.

La deuxième femme était Marie-Luce, la sœur de Janelle, qui ne lui ressemble en rien, une forteresse, une dynamo tranquille. C'est elle qui a pris la direction des opérations de transbahutage des bagages et de la vieille femme dans la voiture de Sébastien qui les a amenées à l'Auberge Clova dont il est aussi propriétaire. Je crois que la moitié de ce qui existe commercialement à Clova lui appartient. Il est un peu le maire de l'endroit.

D'autres personnes sont arrivées les jours suivants. La fille de Gladys et des amis venus d'aussi loin que Swastika et Sudbury. Et aussi Jeannot, mon ami AbeBooks de Senneterre, arrivé en trombe dès qu'il a su.

Je peux bien me l'avouer maintenant et ce n'est pas si facile car il m'a fallu louvoyer longtemps avant de reconnaître la lueur opiniâtre qui m'attendait dans des marécages ombreux. Ce n'est pas tant la crainte de rencontrer Janelle qui m'a tenu tous ces jours enfermé dans ma maison, mais bien plus obscure, bien plus confusément enfouie, c'est mon aversion pour tout ce qui est pleurs et lamentations. Je n'aime pas les tragédies, les déchirements du cœur, les grands emportements, tout cela m'apparaît désespérément trivial si ce n'est vécu dans l'espace romanesque. Je ne suis pas dépourvu d'émotions, mais je crois que ma longue fréquentation des livres a fait de moi, comment dire, un être distancié, toujours un peu ailleurs, jamais vraiment là où je suis. Geneviève pour me ramener auprès d'elle me demandait parfois, Où es-tu, Lustucru ?

Lustucru, c'était le nom de la bouquinerie rue Amherst.

Sur le long banc en bois du Restaurant Clova, j'ai fait ce que je fais toujours quand une trop forte charge émotive risque de me plonger dans les affres d'un drame dont je ne veux pas, j'ai déplacé mon attention vers ce qui pouvait m'en éloigner et je me suis mis à l'écoute de ce qui se disait autour de moi. Je n'ai rien compris au début. Il était question de l'itinéraire rocambolesque de Gladys et sur un mode plus inquiet, de lignes ferroviaires qui s'entrecroisent, disparaissent et vous laissent sans lendemain. On se demandait comment une vieille femme avait pu prendre le Montréal-Senneterre croyant qu'il la ramènerait chez elle à Swastika. Ce train ne va pas plus loin que Senneterre, une évidence pour les Clovaïens discutailleurs autour de moi – des clients du restaurant s'étaient joints à nous. Mais pour le reste, ce fut un méli-mélo incompréhensible jusqu'à ce qu'une voix s'élève dans la mêlée. Il y a seulement un train qui se rend à Swastika, a dit la voix, c'est le Northlander et il vient d'être mis hors service. Silence et consternation, un train venait de mourir quelque part dans le Nord, je pouvais entendre le glas résonner au cœur de chacun.

Et puis la colère, l'indignation.

Une vieille femme allait mourir à Clova parce qu'on avait aboli la ligne ferroviaire qui l'aurait ramenée chez elle. Ce n'est pas tout à fait vrai, on le saura plus tard, mais c'est ce qui s'est dit avec rage et fracas et c'est ce que j'ai voulu croire.

Car nous avons ici aussi un train menacé d'extinction. Tous les trains du Nord le sont. Je le sais plus que n'importe qui. J'ai parmi mes amis AbeBooks un amoureux des trains qui milite activement pour la survie du nôtre. Jeannot – c'est son nom et il le déteste – m'entretient depuis des années de son combat pour le Montréal-Senneterre qu'il appelle le Transcontinental – plus épique, plus romantique, plus alarmant si le couperet venait à se montrer. Et c'est l'ami Jeannot, venu à la rescousse dès que je lui ai téléphoné, qui m'a tenu la tête hors du drame pendant que la vieille femme se mourait.

Nous avions eu un premier contact il y a plusieurs années au sujet d'un livre qui traînait depuis longtemps sur mon site de vente sans trouver preneur. Un livre sur les cheminots du Québec, publié à compte d'auteur, vieux de presque un siècle. Il l'a reçu comme un cadeau du ciel. C'est ce qu'il m'a dit, un cadeau du ciel, un introuvable, vous êtes béni des dieux, comment avez-vous fait ? J'avais affaire à une compulsion sans bornes, je l'ai compris aux messages qui ont suivi. Avez-vous quelque chose sur les trains fantômes ? Sur le Code hobo ? Sur les train buffs ? Sur l'Algoma Train ? Sur l'accident du Grand Trunk de 1864 ? Sur l'Orient-Express ?

Jeannot est comme moi un dévoreur de livres. Il lit un peu de tout, fantasy, science-fiction, essais, biographies et passionnément, goulûment, tout ce qui concerne les trains. Mais pas Baudelaire, s'empresse-t-il de préciser, je n'ai jamais lu Baudelaire. Lui, grand lecteur, se définit comme un tourneur de pages. Une modestie à faire pleurer.

On lui a fait une réputation d'intellectuel dans sa petite ville de forestiers et il ne veut pas en rajouter. Il pourrait avoir lu Baudelaire en secret, sans en souffler mot à personne, même pas à moi, tellement il est prisonnier du regard des autres. Je le soupçonne de s'être porté à la défense du Transcontinental pour se dédouaner de son intellectualisme, pour marquer sa communauté d'esprit avec la petite ville où il est né, où il a son père, ses oncles et cousins, tous cheminots ou ex-cheminots, tous nostalgiques de la grande époque du Transcontinental.

C'est d'ailleurs un typique homme du Nord que j'ai vu arriver à ma porte. Bottes de caoutchouc à longues tiges, chemise à carreaux et cette attitude dans tout le corps qui dit, je m'appartiens, je suis ce que je suis et je n'en bougerai pas. Rien n'indiquait qu'il passait ses journées dans une école secondaire, à enseigner l'anglais, sinon peut-être de longues mains fines plus habituées à des manipulations livresques qu'à de lourds travaux et qui s'agitaient mollement autour de lui, cherchant où se poser, invalidant ainsi sa composition d'homme du Nord.

Il nous a suffi de quelques mots sur la température, l'état de la route, je ne sais plus, pour que je retrouve l'homme avec qui je conversais en ligne depuis des années. Sa voix était comme son écriture, un peu hésitante, un peu fébrile, cachant mal une agitation intérieure et laissant la conversation en suspens, là où il m'attendait. Une écoute extraordinaire.

Nous avons eu des soirées magnifiques et interminables à discuter et boire son vin (il avait apporté du brouilly et du saint-émilion – je n'ai que du vin d'épicerie) jusqu'à ce que l'un ou l'autre s'étire en bâillements et que je rejoigne mon lit et lui le divan raboteux dont il avait fait sa couche et d'où bien souvent nous poursuivions notre conversation dans l'immobilité murmurante de la nuit. Il y avait longtemps que je n'avais eu pareilles soirées. Depuis la rue Amherst en fait, depuis Geneviève. De tant parler me venait le goût de parler et parler encore. Marthe ne m'avait jamais connu aussi volubile. Elle arrivait en matinée avec son pain et la conversation reprenait de plus belle, à trois cette fois-ci, nous tenant à table pendant au moins une heure, le temps que Jeannot enfourne d'innombrables et épaisses tartines dégoulinantes de beurre. Il était friand du pain de Marthe. Si un matin elle venait à tarder, il s'en inquiétait et demandait si Charité nous avait oubliés. J'ai sursauté à ce nom la première fois, et puis Charité, pourquoi pas, me suis-je dit, Marthe a assez de générosité pour être Charité. Le nom lui est resté, entre nous deux seulement, je ne crois pas que Marthe aurait apprécié.

Après ses tartines, Jeannot s'en allait à ce qu'il appelait « le village » qui n'en est pourtant pas un. On ne peut pas qualifier de village un éparpillement de maisons. Certaines sont habitées, d'autres sont désertées depuis des décennies et ne sont plus que décombres. Il y a les hôtels – trois, dont deux appartiennent à Sébastien – pour les chasseurs, pêcheurs et les ostrogoths sur skidoos, ma damnation de l'hiver. Et il y a l'hydrobase, des Canso et des Cessna qui se bercent sur les eaux du lac en attendant de s'envoler vers le camp de chasse, le chalet, la pourvoirie qui les attendent dans les profondeurs de la forêt. Tout cela est dispersé, émietté, atomisé, tout cela respire l'esseulement, une vie à soi, chacun dans son repaire.

Il n'y a de vie villageoise à Clova qu'à son restaurant. C'est là que Jeannot passait ses journées à l'écoute de ce qui s'y disait en attendant qu'arrive de l'auberge l'une ou l'autre des personnes qui veillaient sur Gladys. C'est là qu'il espérait obtenir ce qu'il lui fallait pour écrire son « rapport ». Quelques pages seulement, disait-il, mais bien sonnées et qui alerteraient qui de droit au Canadien National. Une vieille femme qui se meurt en exil parce qu'on a aboli le train qui l'aurait ramenée chez elle, c'est plus qu'il n'en faut pour leur sonner les cloches, aux pontes du Canadien National, s'il leur prend envie de mettre la hache dans le nôtre. *Une vieille femme qui se meurt en exil*, c'était pathétique, un brin exagéré, mais j'étais d'accord, il nous le fallait ce rapport. Que deviendrais-je sans le Transcontinental ? Que deviendrait ma bouquinerie en ligne ? Je suivais donc avec grand intérêt les nouvelles qu'il me rapportait le soir venu.

La vieille femme avait fait un long voyage pour venir mourir à Clova. Elle était partie de très loin, une bourgade du nord de l'Ontario, et elle avait enfilé l'un après l'autre des trains qui l'avaient menée dans une direction puis une autre, comme si elle fuyait quelqu'un ou quelque chose. Elle avait erré ainsi pendant des jours sans qu'aucun des amis qui se sont lancés à sa poursuite puisse arrêter cette cavalcade insensée. Les mêmes amis qui étaient maintenant à son chevet et avec qui Jeannot prenait un café au restaurant.

Une histoire éminemment romanesque, presque un roman-feuilleton, Jeannot revenait chaque soir avec du nouveau et nous n'en finissions pas de nous interroger sur le comment et le pourquoi d'un voyage aussi aventureux pour une vieille dame. Était-elle en proie à des obsessions, des lubies, des extravagances, ou suicidaire, sénile, alzheimer ? Dans le récit que nous nous faisions et qui changeait de soir en soir au gré des nouvelles informations obtenues au « village », Gladys Comeau est devenue une énigme que nous nourrissions de tous nos questionnements et débordements imaginatifs alimentés par le brouilly et le saint-émilion et que nous poursuivions dans l'irréalité de la nuit, moi dans mon lit et lui dans l'inconfort de son divan. Au matin, nous reprenions le roman de la veille avec Marthe – voilà la Charité qui arrive, annonçait Jeannot.

Il a été hanté par cette histoire pendant des années. Je me demande parfois si je ne suis pas en cause, si ma propre avidité n'a pas aiguisé la sienne, car avide je l'étais, je n'en avais jamais assez, il me fallait toujours en savoir davantage. Je me jetais sur mon ordinateur dès que Jeannot quittait la maison et je googlais tout ce que je pouvais. Swastika, Sudbury, Chapleau, Metagama, j'ai suivi le trajet de Gladys, ai connu l'histoire, les hauts et les bas démographiques de chaque localité et au retour de Jeannot, j'avais moi aussi plein de choses à lui apprendre. De tout ce que j'ai trouvé sur le Net, Swastika a été et est encore notre plus grand étonnement – comment peut-on de nos jours s'afficher sous ce nom ?

J'en oubliais mon potager. Les tomates brunissaient au soleil, les courgettes avaient atteint la taille d'une batte de baseball et mes laitues romaines dont j'étais pourtant si fier s'étaient affaissées, leurs longues feuilles piquetées répandues au sol, immangeables.

Je voyais le désastre de ma fenêtre et je me disais, demain j'irai, demain j'arroserai, je binerai, mais demain était toujours le jour d'aujourd'hui et je restais à mon ordinateur.

Je crois, oui, je le crois vraiment, que ce sont nos journées, nos soirées, nos nuits embrouillées qui ont lancé Jeannot dans une enquête qui n'avait plus aucune mesure avec son rapport de « quelques pages ». Pauvre, pauvre Jeannot, tellement modeste, tellement empreint du regard des autres, tellement écrasé par la petitesse de sa ville, pauvre Jeannot qui s'est mis en tête de trouver le fil manquant à nos récits.

Car il n'y avait pas que moi et ce que je pouvais trouver sur mon ordinateur. Il y avait Marthe, notre Charité, qui chaque avant-midi arrivait avec son pain et ce qu'il lui avait inspiré – y a rien de mieux que boulanger pour réfléchir profond, disait-elle. Et il y avait Antoine qui de sa lointaine Australie s'était ajouté à nos conversations.

C'est lui qui s'est rappelé à mon souvenir.

Dis donc, tu me la vends ou pas, *L'histoire culturelle du contemporain* ?

Je l'avais complètement oublié.

Antoine est non seulement mon meilleur client, il est le plus fidèle accompagnateur de mes nuits d'insomnie. En raison du décalage horaire, en raison de nos solitudes respectives, il est de toute ma constellation celui que je suis assuré de retrouver au fond de mes nuits. Je lui devais bien plus que des excuses.

Et je lui ai raconté l'histoire de Gladys – un peu vitement car il m'est revenu avec une question puis une autre dans une boucle de courriels qui n'en finissaient pas.

C'est la fuite de Tolstoï que tu me racontes là, c'est Tolstoï qui fuit sur des trains jusqu'à la petite gare d'Astapovo où il va mourir, de pneumonie je crois, entouré de ses amis et de sa famille mais pas de Sophia, sa femme, car c'est elle qu'il fuyait.

Faut-il être assez littéraire…

Gladys, une femme modeste, une poussière dans la marée humaine, ce qui n'était pas le cas de Tolstoï, qui était célèbre et richissime, notre Gladys devenait l'envers féminin du grand Tolstoï.

Nous nageons déjà en plein roman mais alors là, c'est du grandiose ! s'est exclamé Jeannot à notre matinée de pain.

Et ça s'est poursuivi sur le mode exclamatif.

—Ah oui, Tolstoï ! J'ai tellement aimé son *Docteur Jivago*.

—Non, ça c'est Pasternak. Tolstoï, c'est *Guerre et Paix*, c'est *Anna Karénine*, c'est *La mort d'Ivan Ilitch*, c'est bien plus costaud que Pasternak.

—Tu as ça, *Guerre et Paix* et *Anna*... (Marthe avait déjà oublié le titre)... les autres, dans tes étagères ?

—*Guerre et Paix*, je crois pas, mais j'ai peut-être autre chose, laisse-moi voir.

Je suis allé à mes rayonnages en quête d'un Tolstoï et pendant ce temps, Jeannot a entrepris de convaincre Marthe que son Pasternak était de l'eau sucrée alors que Tolstoï plonge à pleines mains dans le drame de l'humanité. J'en étais aux rayonnages de ma chambre quand il a lancé, t'aurais pas par hasard *La Sonate à Kreutzer* ?

Mon étonnement était à son comble mais je n'en ai rien montré. Ce n'est qu'au soir, un peu éméchés tous les deux, que je lui ai posé la question.

— Tu lis du Tolstoï ?

Et lui, d'un air penaud, comme s'il lui fallait s'en excuser :

— Les histoires de Tolstoï, ça se passe sur des trains.

Je sentais que nous n'en étions pas quittes avec le sujet mais je n'ai pas poursuivi ni ce soir-là ni les autres et en aucun cas devant Marthe, car il y a des sujets que nous n'abordions pas en sa présence.

Janelle, par exemple.

Il en est devenu follement, désespérément amoureux, un foudroiement qui l'a atteint dès qu'elle a fait son apparition au restaurant et pour des raisons que je peux comprendre, il ne m'en a soufflé mot que le lendemain. J'ai aussitôt reconnu dans la femme qu'il m'a décrite celle qui m'était arrivée quelques jours plus tôt et à laquelle Dieu merci j'avais échappé. Une femme unique, sans pareille, disait-il, une femme comme un diamant brut, une femme mustang tout en souplesse et en force, une femme comme une eau vive, comme une coulée de magma brûlant. Il était exalté, intarissable, je ne pouvais pas arrêter ce flot de paroles, je ne pouvais pas lui avouer que cette femme unique et sans pareille était nulle autre que ma correspondante de White River et je l'ai laissé de soir en soir s'étourdir de mots inconsolables.

Car c'était sans espoir, je le savais d'instinct, il le savait tout aussi assurément, c'était foutu d'avance, cette femme n'était ni pour lui ni pour moi, elle était trop libre, trop fantasque pour se laisser choisir par un homme qui n'avait que l'ordinaire de sa vie à offrir.

Mais il s'est enfoncé, il a persisté dans un espoir insensé qui ne se nourrissait de rien, absolument rien, car lorsqu'il revenait du village et que je lui demandais, et puis ?, il ne l'avait pas revue, elle n'était pas réapparue au restaurant.

Ils auront toutefois ce que j'hésite à appeler une idylle, même pas une liaison tellement c'était brinquebalant et sans issue. Elle se laissait aimer et il a cru que naîtrait une intimité amoureuse dans le peu qu'elle lui consentait.

Je suis là encore une fois à me demander si je ne suis pas en cause, si mon avidité questionneuse a nourri un espoir insensé, s'il s'est mis à croire à cet amour sans retour quand je l'accueillais avec mon *et puis ?*.

Mais quand Marthe nous arrivait en matinée et qu'elle demandait à son tour et puis ?, il n'était pas question de ce malheureux amour dont elle ne savait rien. Son *et puis ?* concernait Gladys et ce qui se passait à l'auberge, une histoire qu'elle suivait comme un de ses téléromans et qu'elle ponctuait d'un « oh ! la pauvre femme ! » à chaque élément qui s'y ajoutait.

Il arrivait parfois qu'elle eût elle-même du nouveau à nous annoncer. Elle était causante, notre Charité, et en tant que postière, elle causait à loisir avec tout un chacun qui avait du courrier à lui confier.

C'est ainsi qu'elle s'est amenée un matin avec une nouvelle dont elle n'était pas peu fière.

— Antoine a tout faux, a-t-elle commencé comme s'il était un intime, une vieille connaissance à elle.

Et de nous raconter la conversation qu'elle avait eue la veille avec Sébastien, notre maître hôtelier.

Je le croyais uniquement à ses affaires, pas très soucieux des malheurs des uns et des autres tellement il avait à gérer. C'était oublier sa charge officieuse de maire. Une vieille femme qui se meurt à Clova, au surplus dans son auberge, ce n'était bon ni pour les affaires ni pour la réputation du patelin. Il avait donc pris l'initiative d'organiser un transport d'urgence vers l'hôpital de La Tuque. Un Canso était prêt à prendre Gladys à bord au moment qui lui conviendrait et, il a insisté sur ce point, gratuitement. Un service humanitaire de l'hydrobase, personne n'aurait à payer quoi que ce soit. C'est le message qu'il a fait passer à l'auberge.

Mais de l'auberge est arrivée la réponse qui nous a tous atterrés, Jeannot, Marthe, moi et surtout Sébastien, blessé dans son rôle de sauveur de l'humanité.

—Elle a refusé l'avion, elle veut mourir à Clova. Gladys ne fuit personne, elle veut juste mourir en paix.

Nous l'étions aussi, blessés et même frustrés, tellement nous l'aimions, cette image tolstoïenne de Gladys fuyant, cavalant, errant d'un train à l'autre. Nous en étions à imaginer des choses inimaginables en amont de cette fuite. Une fatalité qui allait s'abattre sur elle, quelqu'un quelque part qui la menaçait des pires atrocités, la vision d'une horreur insupportable. Nous étions en pleins délires romanesques – moi plus que les autres, j'avoue, il n'y a rien que j'aime autant que me retrouver dans mes terres imaginaires.

Et maintenant, comme Antoine, nous avions tout faux.

C'est ce que je lui ai dit le soir même. Nous avons courriellé comme jamais, à une vitesse folle, son courriel arrivait que déjà j'étais à lui marteler une réponse. Car lui non plus ne renonçait pas aisément à la fuite tolstoïenne et il voulait connaître le détail – il a insisté « LE DÉTAIL » – de ce que s'était dit de l'auberge à Sébastien, de Sébastien à Marthe et surtout ce que Marthe nous avait rapporté car tout se perd et s'emmêle quand il y a trop d'interlocuteurs. Je ne sais pas à quel moment ça m'a échappé. Les doigts m'ont fourché et ont écrit *la Charité* au lieu de Marthe.

La Charité ? s'est étonné Antoine. Je lui ai expliqué que c'est ainsi que Jeannot désignait ma voisine boulangère. La Charité de Giotto ? a encore demandé Antoine. La conversation a pris dès lors une autre tournure. Il n'a plus été question de Tolstoï mais de Proust.

Ton ami est un fameux proustien, il faut avoir lu tout Proust et en être imprégné jusqu'au tréfonds, crois-moi, pour donner ce nom à une modeste cuisinière. Toi qui n'as rien lu ou si peu, tu ne sais pas évidemment que c'est ainsi que Swann référait à la fille de cuisine de la tante Léonie. *La Charité de Giotto* disait Swann, ou plus simplement *la Charité*, parce que la pauvre fille lui rappelait une fresque de Giotto. Swann avait d'ailleurs fait cadeau d'une miniature de la Charité de Giotto au jeune Marcel.

Il a poursuivi en savantes circonvolutions proustiennes que je ne suivais plus tellement mon étonnement était grand. Jeannot, petit prof d'anglais tourneur de pages, modeste à en pleurer, qui se voulait insignifiant et se défendait d'avoir lu Baudelaire, mon ami Jeannot, un lecteur proustien, quasi un exégète ?

Le lendemain matin, alors que je voyais Marthe marcher de son pas nonchalant dans le sentier qui relie nos deux maisons et que j'ai entendu Jeannot l'annoncer de son habituel *Voilà la Charité qui arrive*, j'avais ma question toute prête.

— La Charité… de Giotto ?

Il y a eu un bref moment où ses traits se sont figés comme s'il absorbait le coup d'une gifle puis j'ai vu les muscles de son visage se détendre puis l'esquisse d'un sourire est lentement apparue.

— La Charité de Giotto, a-t-il acquiescé.

Une voix lente, un sourire vaincu mais confiant et un regard qui s'est ouvert et m'invitait à le suivre là où il n'avait laissé entrer personne. Derrière ce regard, très profondément enfoui, j'ai vu un sous-sol caverneux, des rayonnages qui courent sur les murs, un fauteuil sous l'éclairage d'une lampe torchère, un homme penché sur un livre, j'ai vu ce même homme au même endroit dans la même position nourrissant pendant des années une passion inavouable dans le plus grand secret. Et derrière, très loin derrière l'homme dans son fauteuil, est venu le sourire de Geneviève.

Il est rare qu'on puisse déterminer avec exactitude le moment où a pris naissance l'amitié d'une vie. Nous avons cet intime privilège, Jeannot, Geneviève et moi.

Pour poursuivre votre lecture
dans le même univers

Dans la même collection

Bergeron, Chris, *Vaillante*, nouvelle sidérale.

Filteau-Chiba, Gabrielle, *Sitka*, nouvelle galopante.

Lavoie, Marie-Renée, *Diane n'est pas sortie du bois*, nouvelle vacancière.

Photo : Ariane Ouellet

Jocelyne Saucier est une romancière plusieurs fois primée, notamment récipiendaire de l'Ordre des arts et des lettres du Québec. Ses trois premiers romans, *La vie comme une image* (finaliste, Prix du Gouverneur général), *Les héritiers de la mine* (finaliste, prix France-Québec) et *Jeanne sur les routes* (finaliste, Prix du Gouverneur général et prix Ringuet) ont été chaleureusement accueillis par la critique. *Il pleuvait des oiseaux*, son ode à la liberté parue en 2011, lui a valu de nombreux honneurs et a conquis le cœur d'un très vaste public en une vingtaine de langues, en plus d'avoir fait l'objet d'une magnifique adaptation au cinéma par Louise Archambault. En 2020, la patiente attente de son lectorat était récompensée avec la parution d'*À train perdu*, un roman nous entraînant sur les traces de Gladys Comeau, femme partie à la poursuite de son bonheur sur les rails du Nord.

Suivez-nous

Achevé d'imprimer en juillet 2022
sur les presses de l'imprimerie Gauvin
Gatineau, Québec

L'intérieur de ce livre a été imprimé
sur du papier québécois 100 % recyclé.